ENCORE UNE RÉPONSE

A L'ÉCRIT INTITULÉ :

DE M. DE VILLÈLE.

SUIVI DE

L'HOROSCOPE ACCOMPLI

D'UNE EXCELLENCE DÉFUNTE.

POITIERS,

DE L'IMPRIMERIE D'É.-P.-J. CATINEAU.

1822.

ENCORE UNE RÉPONSE

A L'ÉCRIT INTITULÉ :

DE M. DE VILLÈLE.

———

. . . . Si fortè virûm quem
Conspexère, silent. VIRG. Æn. *lib.* 1.

S'il survient par hasard un homme révéré ,
La révolte est muette, et le calme assuré.

———

SE couvrir du manteau de l'anonyme, en
écrivant sur un sujet ou sur un homme im-
portant, c'est souvent ne garder l'incognito
de l'amour-propre qu'à la manière de la
beauté fugitive de Virgile, *qui fugit ad*
salices, et se cupit videri. . . J'espère qu'un
libéral travesti ne s'offensera pas de la ressem-
blance, puisque je le compare à une bergère
presque naïve, qui, en feignant de se dérober
aux regards de celui qu'elle veut captiver,
laisse à dessein apercevoir des formes qu'elle
croit séduisantes, pour fixer sa conquête.

1

Mais le serpent qui a atteint l'homme d'une piqûre mortelle se dérobe aussi, quand il peut, aux regards de sa victime. L'homme d'état qui soulève facilement le voile si transparent du libéralisme, fait bientôt justice des sophismes et des erreurs grossières de sa brochure : on ne se donne pas plus un style qu'une physionomie. Les hommes de bonne foi deviendront-ils aussi rares que les bons écrivains ? Qu'importe ? je viens à mon sujet.

Un de mes amis, arrivé récemment de la capitale, m'a remis un écrit intitulé : *De M. de Villèle.* Je l'ai lu, et j'ai tracé à la hâte une réponse. Habitant presque toujours la campagne, j'ignore absolument quelle est cette correspondance privée, attribuée à ce ministre ; ainsi je ne pense ni à la blâmer, ni à l'approuver. Le second paragraphe de la brochure reconnaît *des suprématies sociales fort menacées ;* (*) je ne sais trop par qui, si ce n'est par ce que l'auteur appelle des *opinions accréditées, une révolution de vingt-cinq ans, ou de trente,* il n'est pas bien fixé sur sa durée.

(*) Tous les mots en lettres italiques sont extraits de la brochure que l'auteur combat.

Dans une monarchie tempérée , en France par exemple , les *suprématies sociales* sont le Roi et la noblesse , je pense ; (mais il y a des gens qui ont une certaine répugnance à appeler les choses par leur nom.) La suprématie qui réside à la Chambre des Pairs , seule noblesse influente , a été regardée comme un boulevart nécessaire pour arrêter les flots orageux d'une Chambre plus populaire , et qui est aussi une suprématie. Les autres suprématies émanent de la première, celle du Roi.

Ceux qui menacent ces institutions , les amis des révolutions , tel qu'on doit entendre *le mot et la chose ,* c'est-à-dire les innovateurs libéraux de 91 , de 95 , de la République , de l'Empire et de nos jours , sont nécessairement des conspirateurs contre l'ordre de choses établi ; et la surveillance du gouvernement de fait ne doit pas plus perdre leurs intrigues de vue , que l'intérêt d'un monarque de droit , sensible et juste , ne perdra de vue ses fidèles serviteurs. M. de Villèle , qui , pour prix de son dévouement , a obtenu la confiance de son Roi , en offre et la preuve et l'exemple ; mais l'anonyme ne trouve probablement pas cette récompense suffisante, ou de son goût ; car il réclame pour le ministre *sa part de récompense.* Est-ce le laurier civique des exclusifs ? Ce serait une couronne d'épines pour le front d'un député du côté droit de 1815.

Mais une erreur bien plus grossière, et qui mérite d'être sévèrement relevée, parce qu'elle est trop souvent commise, est celle qu'on lit dans un passage conçu en ces termes :

« Ce n'est pas sa faute si de très-respecta-
» bles serviteurs de la monarchie, qui sont
» rentrés malheureusement en très-petit nom-
» bre dans un pays dont ils ne connaissent,
» depuis trente ans, ni la situation ni les
» habitudes, ne peuvent pas se trouver tout-
» à-coup suffisamment éclairés sur ces habi-
» tudes et sur cette position, pour être en
» état de gouverner à eux seuls la France. »

De quel droit l'auteur prolonge-t-il gratuitement un ostracisme aussi déplorable que glorieux ? On sait que dix longues années forment à-peu-près la durée de l'exil des malheureux Français qui ont partagé le sort de leurs princes : ainsi ils n'ont pas été pendant trente ans étrangers à leur pays ; ils n'ont pas plus que les autres Français perdu, pendant vingt années, le don de penser et d'agir, et sur-tout de gémir sur les malheurs de leur

patrie. Ils ont perfectionné leurs connaissances
à l'école de l'expérience , et leurs enfans ne
sont pas déshérités par le père commun, par
le successeur et le petit-fils de Henri IV. Ces
enfans de malheureux proscrits ne sont-ils
plus légitimes aux yeux d'une philosophie
moins philantropique qu'insensible, et gratuitement vindicative ?

Une poignée d'hommes , héros de la fidélité, la plupart tombant de vétusté, et devant
incessamment mourir sans patrimoine sous
des lambris dorés, trop heureux, en consom-
mant leur sacrifice, de jeter leur dernier regard sur la fille de tant de rois , sur cette
généreuse Antigone, l'amour des bons Français, le modèle de toutes les vertus, source
féconde par où découlent les bénédictions
d'en haut sur la France; cette race d'hommes
privilégiés de la nature et du ciel, moins
chargés d'ans que d'adversité, satisfaits de la
part des bontés que le Roi daigne leur accor-
der, que le démon de l'envie voudrait leur
retrancher, qui au besoin vivraient encore
heureux de leurs souvenirs, vous les accusez
de vouloir envahir le pouvoir pour *exploiter
la monarchie à leur profit, et gouverner à
eux seuls la France !* Calomnieuse autant

que basse délation ! Ah ! imitez plutôt le dés-
intéressement de ces ames nobles autant que
dévouées : mettez en pratique la belle profession de foi d'un Prince auguste et toujours père
malheureux, ce beau modèle de la noblesse
française : héritier présomptif d'un des plus
beaux trônes du monde, il met sa gloire,
malgré les atroces imputations d'un pouvoir
prétendu occulte, à être le PREMIER SUJET DU
ROI SON FRÈRE : son pieux, magnanime et im-
médiat héritier : celui qui heureusement n'est
pas mort tout entier, puisqu'il revit dans son
fils ; et l'héroïque mère qui lui a donné le
jour : famille justement révérée, votre sou-
mission envers le chef de l'Etat égale votre ten-
dresse pour le frère et l'oncle qui vous tient
lieu de père. Cette noblesse, qui n'a conservé
que ce qu'on n'a pas pu lui ôter, l'honneur
et la foi de ses pères, qu'a-t-elle fait pour mériter vos soupçons ? *Est-ce sa faute,* si, ra-
baissant l'élévation de ses sentimens au niveau
de la faiblesse des vôtres, vous pensez qu'elle
convoite vos fortunes bien ou mal acquises,
comme vous portez envie à ces hochets de la
vanité humaine, auxquels on la reconnaît bien
moins qu'à la sérénité d'un front, miroir
d'une conscience irréprochable ? Cette noblesse

ne veut rien que ce que veut le Roi lui-même; son obéissance aveugle est puisée à la source des devoirs, commandée par la religion et remplie par le cœur; c'est avec ces puissans mobiles qu'elle a fourni cette carrière de fidélité sublime qui lui a fait sacrifier à la personne de son Roi, épouses, enfans, patrie : la perte des autres biens ne vaut pas la peine d'être mise en ligne : en recouvrant son Prince, elle est encore assez riche; ainsi rassurez-vous. Quant à la portion de proscrits qui ont, dix ans, supporté les rigueurs de l'exil, plus confians que vous dans la justice distributive du Monarque, ils ne lui imposent pas la loi de leur laisser *entrevoir une participation proportionnée dans le pouvoir et dans l'influence.*

Comparez-vous, si vous l'osez, à ces hommes résignés qui ont tout perdu, fors l'honneur, et pour lesquels un illustre maréchal de France a réclamé des indemnités à la tribune, sans avoir reçu d'autre impulsion que celle de la générosité de sa pensée. Ils n'ont pas été tellement abandonnés par la nature, disgraciés par la Divinité, et abattus par le malheur, que dix ans d'absence les aient rendus impropres à tout; au contraire, le cœur s'épure au creuset

de l'adversité, et l'homme de bien, qui d'ailleurs peut être né avec d'aussi heureuses dispositions qu'un autre, n'en est que plus
capable de remplir des fonctions délicates;
et, à égalité d'éducation, parité d'aptitude et
d'application, qualités qu'un royaliste peut
fort bien réunir au même degré qu'un com-
pétiteur révolutionnaire, je pense que le
premier, dans un état monarchique, doit au
moins mériter les honneurs de la concurrence;
car enfin, quand on se dit royaliste, et qu'on
l'est en effet, on est compris par tous les
hommes de bonne foi: un royaliste est le sujet
et le défenseur né de Louis, par la grâce de
Dieu, Roi de France, et aussi constitutionnel,
puisque tel est son bon plaisir; mais toujours
Bourbon, toujours légitime: ces deux qualités
ne sont susceptibles ni d'altération ni de mo-
dification.

Mais qu'est-on, quand on se dit libéral?
Tout ce qu'on veut, monarchien en 91, ré-
publicain en 93, esclave sous l'Empereur,
rampant à la restauration, courtisan alerte
au 20 mars, et toujours libéral de nos jours;
c'est-à-dire qu'on a pris ou reçu obligeamment
tous les rôles que la largesse vraiment libérale
des révolutions successives et *la nécessité des*

époques ont bien voulu offrir aux heureux
caméléons du siècle. Le libéralisme n'est donc
pas plus la généreuse, compatissante et magnanime libéralité, que le philosophisme n'est
la vraie philosophie; pas même sans doute
cette philosophie païenne qui entraînait Léo-
nidas et ses trois cents Spartiates aux Ther-
mopiles, Mutius Scévola au camp de Por-
senna, Décius à son précipice; elle est bien
moins encore cette philosophie chrétienne,
qui, élevant l'homme au-dessus de lui-même,
lui fait supporter patiemment l'ingratitude,
confesser la foi de Jésus-Christ dans les tor-
tures, sur les bûchers et sous la scie, et sceller
goutte à goutte de tout son sang les doctrines
de la morale évangélique, ou, pour la gloire
du Prince et de la Patrie, marcher froidement
au champ d'honneur, afin d'y cueillir des
lauriers, ou plutôt des cyprès qui ne doivent
couronner que sa tombe. C'est saint Louis
qui, pour délivrer la terre sainte et le tom-
beau du Sauveur du monde des mains des in-
fidèles qui les souillent, affronte les élémens,
et échange son diadème terrestre contre la
couronne immortelle des anges. C'est le grand-
maître d'un ordre à la fois militaire et reli-
gieux, qui, assis au milieu du feu qui le con-

sume , chante des hymnes en l'honneur de
l'Eternel , et , tout rayonnant d'immortalité ,
remercie la Providence de la félicité qu'elle
lui fait déjà entrevoir, jusqu'à ce que l'activité
de la flamme ait dévoré les organes qui pro-
clament son innocence et l'impassibilité de son
ame. C'est Marie Stuart, plus heureuse et plus
grande sur l'infame monument qui va recevoir
sa tête, que sa sœur Elisabeth qui l'y envoie,
sur son trône, et qui, pour prix de ce forfait,
devait perdre la foi de ses pères, et ternir par
ces deux attentats la gloire d'un des plus beaux
règnes de la Grande-Bretagne. C'est enfin de
nos jours ce royal martyr, qui, se frayant un
chemin vers le ciel par la voie sanglante de
l'échafaud, entraîne, par son héroïque exemple, tout ce que la France possède de grand
et de parfait, et attire, d'un sol malheureux
et profané, toutes les vertus immolées, em-
pressées de remonter à leur source.

Le modérantisme aussi n'est pas plus cette
admirable modération qui, dans un héros victorieux, allège les fers des captifs, après avoir
arrêté l'effusion barbare , quand elle est inu-
tile , du sang des malheureux vaincus ; c'est
la vertu d'un monarque outragé, qui, après
avoir obtenu une réparation suffisante , met

des bornes à son ressentiment, comme à ses conquêtes, plutôt que de compromettre par une vengeance éclatante la paix et le sort de ses états. C'est la modestie dans la prospérité, le calme dans l'adversité, la sobriété dans l'opulence, la tempérance au sein de la somptuosité, la scrupuleuse économie avec la disposition de la fortune publique, l'affabilité avec le pouvoir. Celui qui commande à ses passions, qui fait céder l'attrait de la louange, le charme de la popularité à la voix inflexible du devoir, et celui dont la conscience pure rectifie les erreurs du cœur et les préventions de l'esprit; voilà l'homme modéré, estimable dans tous les temps et dans tous les lieux : mais le général, comme le ministre, qui, pour aspirer à ce beau titre, ajournerait la défaite d'un implacable ennemi, en accordant, le premier, armistice à un adversaire qui n'attendrait qu'un renfort pour se venger de ses revers, et le second, qui temporiserait avec ceux qui conspirent sa perte et celle de son pays, ne pourraient passer pour bon capitaine ni pour homme d'état. La première feuille du rudiment de la raison comme de la politique porte textuellement : Entourez-vous de vos amis, après les avoir bien éprouvés , et ne faites point d'alliance monstrueuse avec le méchant , si vous voulez consolider votre puissance.

Ainsi donc ces expressions bâtardes, et qui, à l'aide d'une fausse, mais brillante origine, aspirent à une sorte de magie de renommée éclatante, ont été inventées par des idéologues, charlatans plus jaloux du renversement des choses et des hommes que des mots, moins sensibles à la puissance des étymologies que désireux des innovations dans le pouvoir, pourvu qu'ils recueillent quelques débris dans la chute de l'édifice social : comme certaines plantes marécageuses, sans racine et sans tige, reptiles du règne végétal, se promènent sur la surface des eaux croupissantes, jusqu'à ce qu'elles meurent sur le bourbier qu'elles ont desséché, et en y déposant un fruit amer contenant une semence froide destinée à les reproduire; ainsi tous ces mots insignifians par eux-mêmes, qui se trouvent dans le vocabulaire des révolutionnaires, interprétés par eux, inventés pour leur servir de ralliement, vrais mots d'ordre du parti, talisman de ses adeptes ; ces abstractions froides et isolées n'ont aucune ramification, aucune analogie avec les attributs aimables des vertus dont

ils veulent usurper le nom , et auxquels elles
seraient confuses, si je puis m'exprimer ainsi,
de servir de type : véritable dégradation de
je ne sais quelle espèce, sujets trop ingrats
pour pouvoir être entés sur franc , ils en-
gendreraient infailliblement des fruits sauvages
ou bien amers , s'ils ne fesaient plutôt sécher
la tige à laquelle on voudrait imprudemment
les adapter.

Après avoir combattu les mots, revenons
aux hommes et aux choses. L'anonyme, ou
plutôt le parti qui a lancé dans l'arène ce
champion du libéralisme , est prodigue de
conseils qu'on ne lui demande pas, ce qui
cause son plus grand dépit ; il prétend que
M. de Villèle, devenu ministre, ne doit ni
penser ni agir comme il fesait *étant à la tête*
d'un parti que dirigeaient ses lumières et
son expérience.

Conseiller moins dangereux désormais que
dégoûtant d'absurdité et de félonie , si vous
vous êtes fait un jeu de vos sermens , une
habitude du parjure et un mérite de toutes
les apostasies , pensez-vous que celui qui est
probe, en même temps que royaliste et hon-
nête homme avant d'être ministre , vous res-
semblera ? Vous avez reconnu *que la Cham-*

bre n'est plus divisée qu'en deux fractions, celle de la droite, et celle de la gauche: dans quel rang appelez-vous M. de Villèle ? Mais vous vous êtes assez expliqué, puisque vous voulez qu'il abandonne *cette petite minorité qui n'est jamais contente, qui, si elle l'était une fois, ferait payer cher à la monarchie ce passager triomphe.* Vous feignez d'oublier que cette minorité, depuis qu'elle a porté M. de Villèle, ainsi que ses dignes collégues, au ministère, ne peut être mécontente de son choix, ni de son propre ouvrage ; qu'elle s'est réunie, à cet effet, au centre droit, à ceux des hommes raisonnables qui siègent auprès d'eux; que cette estimable fusion produit la masse imposante de la majorité actuelle: c'est donc au côté gauche, formé d'une minorité souvent qualifiée de factieuse, et au reste du côté gauche, que vous attendez l'homme de la droite de Louis-le-Sage. Désabusez-vous: *si le flot qui a apporté le ministre* l'avait trouvé dans de semblables dispositions, il aurait dû reculer épouvanté: semblable à ceux qui avaient voulu amener Grégoire à l'assemblée, vous pensez qu'un rénégat doit sauver la Patrie ! Misérable Protée, transfuge de tous les partis, conservez

pour vous cette souplesse mobile qui vous
rend l'instrument précieux de l'intrigue. Vous
vous feriez circoncire aujourd'hui, si demain
les descendans des vieux Juifs étaient admis
de préférence aux emplois : c'est ainsi que
vous comprenez la modération. J'ai aussi *mes
convictions ;* c'est que M. de Villèle se gardera bien d'être modéré à votre manière.

Vous ne dissimulez pas votre prédilection
*pour ce côté gauche paisible qui n'est pas
à reconnaître la faute qu'il a faite en
renversant un ministère opposé à l'exagération de la droite.* Ce sujet vous ramène
naturellement à l'objet de vos affections, au
créateur de ce même ministère, qui, tout
entier dans sa main, offrait assez de ressem-
blance avec le très-humble sénat de Bonaparte.
Mais qu'importe que l'homme-ministère de
Libourne, M. Decazes, quoique duc et pair,
soit *plébéien* d'origine et de profession, et pa-
tricien de nom ? Ce sont ses œuvres qu'il faut
examiner et apprécier.

Certes, si j'eusse été député dans les temps,
j'aurais appuyé de toutes mes forces la proposi-
tion de M. Clausel de Coussergues. N'était-ce pas
assez que la négligence criminelle du ministre
de la police ait laissé arriver au cœur du meil-

leur des princes le parricide poignard qui l'a
ravi à notre amour? Sa négligence et les perni-
cieuses doctrines qu'il a favorisées sont une
véritable complicité morale du crime de Lou-
vel, puisque la surveillance vigilante, premier
devoir d'un ministre de la police , et la vive
impression des saines maximes professées par
le pouvoir eussent pu sauver le Prince. La
Chambre, éclairée par l'expérience et le tableau
des plaies profondes qu'a faites lui-même, ou
laissé faire à la monarchie, ce protégé, bien
plus que successeur d'un grand ministre d'infame mémoire, ne balancerait pas aujourd'hui
à prononcer l'acte d'accusation contre lui. Mais
laissons végéter et mourir même dans la honte
et l'oubli, çelui qui n'a conservé de tout son
immense pouvoir que la triste célébrité du méchant ridicule dévoilé, réduit à l'impuissance
de nuire. Revenons à ses actions.

Cet homme, le fléau des amis du Roi, ré-
solu de renouveler l'ordonnance du cinq septembre, autant de fois que la Chambre aurait
offert une majorité dévouée à l'autel et au
trône, en sapant ainsi l'un et l'autre dans ses
plus précieux et plus solides fondemens ,
aurait anéanti la religion, la monarchie, la
Charte et même son royal bienfaiteur; car

enfin le Roi, qui peut au besoin et à la rigueur se maintenir sans la Charte , comme l'ont fait glorieusement ses augustes prédécesseurs pendant tant de siècles avec les lois fondamentales de la monarchie , ne peut pas plus subsister rigoureusement sans royalistes , qu'être Roi sans sujets , et respirer sans air, ou sans vie. Ses efforts tendaient à *démocratiser la Charte;* ce qui, aux yeux de l'anonyme, n'est pas une véritable conspiration , mais un simple tour d'adresse, *beaucoup moins difficile que ce qui reste à faire à M. de Villèle qui veut l'aristocratiser ;* c'est-à-dire , en d'autres termes, qu'il était beaucoup plus facile à M. Decazes de préparer la voie au retour de la République , par le rappel des régicides, par la loi du cinq février, à l'occasion de laquelle il a fallu créer soixante-cinq Pairs , la plupart réputés semi - royalistes , sans que la révocation de la loi puisse donner lieu à épurer des choix improvisés par le despotisme de la présomption , la boutade de l'animosité et la plus inconsidérée des inconvenances. Ici, contre l'ordre et le cours ordinaire des choses durables, la loi a passé, et les hommes restent. Ce trop puissant renfort, cet auxiliaire redoutable donné à quelques opi-

2

nions mixtes, sans couleur ou erronées, pourrait encore, par des discours intempestifs, sinon
ébranler le trône, dont la Chambre des Pairs
doit être la sauve-garde naturelle et la colonne
la plus inébranlable, compromettre du moins
la dignité solidaire du premier corps de l'Etat.
C'est donc à dire que toutes ces manœuvres
perfides étaient plus faciles à exécuter, qu'un
plan de conservation et de prospérité de l'Etat
n'est facile à suivre par M. de Villèle.

La loi sur le recrutement, qui fut, comme
on le sait, une des inspirations du beau ministre pour *démocratiser* la Charte, qui, en
ne concédant qu'un tiers seulement des avancemens au choix du Roi, rivalise pour les
autres deux tiers avec certains décrets des
Cortès; force le Roi, dans le cas où la moitié de son armée aurait bien mérité de la
Patrie, de ne consulter froidement que les
dates des brevets pour l'excédant de ce tiers,
et peut ouvrir une chance de priorité aux
soldats de la révolte sur ceux d'une fidélité
éprouvée par un dévouement suivi du salut
du Roi lui-même; une loi qui, dans une
monarchie, fait manger sur la même escabelle
et au même plat, coucher dans le même lit,
le fils du maréchal et du pair de France avec

l'enfant du décrotteur, pendant quatre ans,
n'est-elle pas une absurdité révoltante dont
aucune République même n'a jamais offert
d'exemple ? L'inamovibilité des tribunaux,
sauf les parquets, consacrée à la hâte, tandis
qu'ils n'auraient dû recevoir leur investiture
royale définitive qu'à la suite d'un plus long
temps d'épreuve, devenu plus nécessaire encore après le 20 mars ; cette mesure eût donné
lieu de procéder avec plus de prudence à des
choix et à des épurations plus sages, quand
cette inamovibilité prématurée ne laisse, pour
réparer cette aveugle et coupable précipitation,
à un ministre doué d'un grand caractère de
justice et de force d'ame, que deux chances:
celle de la mort, qui n'épargne ni les talens
ni les vertus, et celle de la prévarication : la
jeunesse de toutes parts envahie par des maî-
tres et des principes qui préparent une géné-
ration de sujets indociles, de cœurs rebelles à
la voix de la religion, et à tous les devoirs
de la nature et de la société ; tel est l'esprit
dans lequel étaient sous le ministre universel,
et sont malheureusement encore pour la plupart, les colléges royaux, les écoles secondai-
res, celles de droit et de médecine. Espérons
que l'illustre prélat qui surveille l'éducation

publique, redressera les torts, bien graves à cet égard, des administrations précédentes : le péril est imminent, et les suites en sont incalculables : l'éloignement d'une grande partie des fonctionnaires invariables qui ne pouvaient entrer dans ses vues; les cris séditieux s'élevant en vain pour étouffer ceux de *vive le Roi*, supprimés par mesure de sureté; tels sont les principaux traits qui ont signalé le passage d'une constellation maligne , bien funeste aux honnêtes gens.

Je demanderai pourquoi *la tâche de M. de Villèle* est plus difficile que celle de M. Decazes. Quoi qu'en dise un homme justement célèbre, *les idées* de la France ne sont *pas républicaines :* elle a fait essai du régime qui a dressé les échafauds, créé les fusillades et les noyades, et organisé la guerre civile. *Si la turbulence de certains brouillons ambitieux* voulait nous y ramener, en France comme ailleurs, c'est calomnier notre siècle que de penser que la majorité de ses contemporains adopte ce système dangereux: si on en excepte les États-Unis, qui sont nés avec le siècle de 93, qui a été témoin des massacres de septembre et d'octobre, comme de celui des blancs à Saint-Domingue, je cherche en vain sur la carte les nouvelles républiques fondées ou restaurées dans les quatre parties du monde; j'en citerai plutôt beaucoup de fondues dans des monarchies positives.

Vivez donc en paix, M. l'anonyme; M. de Villèle vous gardera de vos frayeurs. Il lui sera bien facile de maintenir la bonne opinion publique, qui n'a même pas besoin d'être dirigée vers le dévouement à l'auguste dynastie que la Providence nous a rendue. La Patrie, fatiguée de victoires sanglantes, de conquêtes perdues, a besoin de respirer en paix pendant long-temps encore à l'ombre de l'autorité tutélaire et légitime de ses rois. S'il faut *des confédérés dans le Gouvernement* pour craindre des révolutions, vous devez être, ainsi que nous, dans la sécurité la plus parfaite; mais ce que vous nous annoncez comme un principe certain, n'est point un dogme invariable en politique; la chute des empires, les révolutions dans les états ont souvent d'autres causes prévues seulement par la sagesse éternelle: par exemple, le partage du royaume d'Alexandre entre ses lieutenans fut-il dû à une confédération de ce genre? L'expulsion des Tarquins et la proclamation de la République romaine furent occasionnées par l'attentat de Sextus

envers Lucrèce. La sédition du Mont-Aventin,
la conspiration de Catilina, qui furent, la première, étouffée par Ménénius Agrippa, et la
seconde, réprimée par Cicéron, avaient des
prosélytes dans le sénat. L'influence des armes
n'a-t-elle point rétabli, au profit de César, un
trône élevé sur les débris de la plus fameuse
République du monde ? Les successeurs de
Mahomet furent affermis sur le trône de
Constantin par la plus grossière imposture.
L'irruption des Goths et des Francs a fondé
le royaume de France ; et le 20 mars enfin
rétablit momentanément l'usurpateur, *sans
aucune confédération dans le Gouvernement du Roi.*

Non, aucun ministre, malgré la connivence
muette de ses obséquieux collègues, n'aurait
réussi *à démocratiser la Charte ,* ni à la
despotiser; aucun n'aurait essayé impunément
de faire passer le peuple français sous le joug
de quelque rejeton de *Madame Lætitia,* ni
tenté, sans péril, de s'ériger lui-même en
protecteur de la République française. *Les
susceptibilités nationales ,* c'est-à-dire le
dévouement à la dynastie des Bourbons, et
l'amour de son gouvernement paternel, qui,
dans les dernières élections, s'échappent par

torrens, comme un fleuve retenu naguère par de trop faibles digues ; *ces susceptibilités nationales* se seraient spontanément et violemment opposées aux usurpations du despotisme, ou aux ravages de l'anarchie.

Dépositaire fidèle de ces traditions dans lesquelles figure précieusement le système de la pondération basculaire, œuvre revue, corrigée et augmentée par celui qui enfin a cessé d'être l'inévitable, votre indulgente modération vous porte à désirer que l'on vous débarrasse de l'extrême droite d'abord, puis de l'extrême gauche, avec cette différence, il faut l'avouer, que vous saluez la retraite des hommes d'une certaine montagne plus poliment que celle des députés de la droite, puisque vous avez l'urbanité de vous exprimer ainsi : *Non que tous ces membres de l'opposition ne puissent être très-bien intentionnés ;* mais, en voulant conserver vos amis, vous perdez votre impartialité : tout n'est pas profit dans le monde libéral. J'attendais de votre politesse le même compliment pour *les spectres de la droite :* il faudra qu'ils s'en passent.

Mais comment répudier ceux que la confiance appelle, et écarter ceux que la cabale désigne, en conciliant cette influence que vous

accordez au pouvoir dans l'intérêt de vos *an-
tipathies*, avec la liberté illimitée des élé-
ctions que vous prêchez sans cesse? comment
bannir les *ultra* en même temps que les
citra royalistes? comment refuser foi et
hommage au grand général, prophète malheureux des Abruzzes, et éviter la nomina-
tion d'un député élu par deux départemens
et envié par tant d'autres? Cela nous paraît
difficile; les dernières élections en sont la
preuve. J'entends parler de MM. de la Bour-
donnaye et Marchangy

Mais quelle est cette exagération horrible
de la droite, même dans les extrémités où
siégeait naguère M. de Villèle? N'a-t-elle pas,
s'écrie le centre, comme les extrémités de la
gauche, DONT LES EXAGÉRATIONS SONT BIEN CON-
NUES, engendré la fameuse terreur de 1815,
renouvelé les proscriptions, et relevé les échafauds? A les entendre, il semblerait que l'enfer
a vomi ses Robespierre, ses Carrier, ses Marat
et ses Joseph Lebon; que des milliers de vic-
times ont encore inondé la France de leur sang
innocent: mais cette déclamation fantasmago-
rique est usée; depuis sept ans que vous la
ressassez, aucun échafaud n'a été redressé;
tous ces massacres et ces grandes proscriptions

se réduisent au châtiment de cinq ou six traî-
tres insignes passés par les armes, dont un
donna le baiser de Judas à son maître en
allant le trahir, et un autre souleva le premier
son régiment contre la foi de ses sermens; à
l'exil momentané de vingt-quatre individus
graciés par la clémence royale; enfin, au ban-
nissement de quelques régicides relaps, qui,
non contens d'avoir impunément, une première fois, immolé le meilleur des rois dans le
plus vertueux des hommes, ont encore aiguisé
leurs poignards sanglans pour signer l'expulsion et l'exhérédation éternelle de la famille des
Bourbons à une époque de flétrissante mémoire pour l'honneur national.

Si votre *antipathie* n'est pas plus fondée
que les *répugnances* de l'avocat des Gracques
et les *aversions* de l'ex-ministre aérien qui,
afin d'être plus léger, s'est débarrassé de son
porte-feuille pour ne faire qu'un vol de la
tribune aux harangues au Luxembourg, il
faudra vous regarder comme ces malades in-
curables dont la bile recuite par un long
ressentiment, concentrée par le poison de la
vengeance étouffée, lentement élaborée dans
leus sein, ont recours aux empiriques, qui,
pour les distraire d'une position désespérée,

leur prescrivent le régime des anodins mo-
raux, tels que l'espoir d'une crise dans les
parois de l'intérieur, ou de quelques événe-
mens à l'extérieur capables de faire une grande impression de plaisir sur leurs sens.

M. de Villèle restera fidèle à son Dieu,
comme à son Roi ; au côté droit, comme à
lui-même : marchant d'un pas ferme et réglé
dans la carrière glorieuse des améliorations
successives qu'il médite, il asseiera la religion,
la monarchie et la légitimité sur leurs véri-
tables bases ; le sanctuaire de l'Eternel ne sera
pas moins inviolable et sacré que le palais de
nos rois ; et Louis, satisfait d'un ministère
digne de toute sa confiance, goûtera long-temps
encore, au sein de sa famille, les délices de
ce calme rafraîchissant, de cette douce quié-
tude nécessaire à son âge, à sa santé et à son
bonheur, auquel celui de tous les Français
est si irrévocablement et si intimement at-
taché.

Ainsi vivront à jamais la religion et la légitimité, dont l'anonyme n'a pas daigné nous
dire un seul mot.

Tandis qu'un bon ministère, d'excellentes
élections, l'état prospère des finances, le dévouement éprouvé de l'armée, et une tran-

quillité profonde , semblent garantir le bonheur de la grande famille, une nation à laquelle
nous sommes attachés par les liens du sang,
par une constante amitié et les relations de
bon voisinage , la péninsule est en proie aux
horreurs de la guerre civile : une faction de
révolutionnaires tient le Roi dans les fers, et
change en lit de mort la couche nuptiale de
sa jeune et malheureuse épouse ; l'infortuné
Monarque , digne d'un meilleur temps , n'a
conservé un ombre de pouvoir que pour être
contraint à signer les arrêts de mort de ses
plus fidèles serviteurs , et le sien peut-être ,
pour avoir ratifié le pacte qui lui prépare le
sort de Louis XVI.

Les souverains, la plupart ses parens, tous
ses alliés , ne se seraient-ils rassemblés que
pour entendre froidement et de plus près son-
ner l'agonie d'un petit-fils de Louis-le-Grand ?
Auraient-ils oublié que l'anarchie ne précipite
les rois de leur trône que pour les envoyer à
l'échafaud ? S'ils avaient intérêt à renverser un
despote qui aspirait à la monarchie universelle,
en auraient-ils moins à veiller à la conservation et au bonheur des peuples que la Providence a confiés à leurs soins ? Non assurément.
S'ils laissent la nation espagnole se déchirer les

entrailles, pensent-ils que le parti victorieux
se contentera de se dominer lui-même? Non,
sans doute. Et s'il fait déborder à l'improviste
sur leur territoire la lave qui corrode tout ce
qu'elle touche, paix, légitimité, religion, fidélité, tout ne serait-il pas remis en question?
Non-seulement l'Espagne, mais la France et
l'Europe ont besoin de solliciter pour la der-
nière fois l'intervention du dieu des armées.
L'hydre n'a plus qu'une tête: une fois abattue,
l'ordre est rétabli par-tout; et le manifeste du
monstre, proclamé à la tribune des farouches
descamisados, qui annonce une guerre à
mort à toutes les puissances qui n'adopteraient
pas son système, n'est qu'un cri de rage et de
désespoir.

Le Ciel n'a peut-être arrêté le fléau de la
peste dans cette malheureuse contrée, que
pour y conduire par la main des légions libéra-
trices, qui, en brisant la tête du serpent révolutionnaire snr la pierre même de sa con-
stitution, sauveront les hommes égarés de leurs
propres excès, et rendront aux bons, fidèles et
généreux Espagnols, avec la paix, leur Roi,
leurs foyers, et la religion de leurs pères.

Poitiers, 30 Novembre 1822.

HOROSCOPE ACCOMPLI

D'UNE EXCELLENCE DÉFUNTE.

Elève de Cujas, apprêtant déjà bien
Les ragoûts épicés de maîtresse Chicane,
Ennuyé de porter le surnom de *Vaurien*,
Mon héros méditait d'endosser la soutane.
          Pour son salut et pour le nôtre,
Que n'est-il ce jour-là devenu bon apôtre ! . . . .
Y penses-tu ? lui dit la dame des procès ;
J'ai des desseins sur toi , suis-moi dans mon palais ;
Viens que j'offre à tes yeux l'aurore fortunée
          De ta brillante destinée.
J'abrégerai pour toi les formes , les travaux.
Cesse dès aujourd'hui de sauter les ruisseaux.
—Je serais maître clerc ! ! !—Tu seras tout en France :
Thémis entre tes mains remettra sa balance,
Neptune son trident, et Plutus son trésor ;
Pallas te confîra le soin de son armure,
Adonis envîra les traits de ta figure,
Sous le nom de R. . . . je serai ton Mentor.
Si des audacieux, que ta gloire importune,
Essayaient de ternir l'éclat de ta fortune ,
Dans les flancs de leurs monts entassés par l'orgueil
Plus d'un nouveau Titan trouverait son cercueil.

Pour graver dans ton cœur ma doctrine sévère,
Je t'adopte pour fils; écoute bien ta mère :

Si de vieux souvenirs, enfans du préjugé,
Rappelaient de l'honneur les effets et les causes,
Prouve que sous tes lois l'honneur a bien changé,
Que la valeur des mots tient à l'ordre des choses;

Que la fidélité n'est qu'un brevet d'ennui,
L'apanage des sots, qu'un fol espoir anime;
Que lorsque la vertu n'offre qu'un frêle appui,
Il faut l'abandonner, pour s'étayer du crime;

Qu'en se servant soi-même, on sert mieux son pays;
Qu'un ministre ambidextre asservit bien l'intrigue,
Lorsqu'il entend crier, sans en être surpris,
Tantôt vive le Roi! tantôt vive la Ligue!

Qu'une majorité n'est jamais nécessaire,
Qu'autant qu'elle combat en faveur du pouvoir;
Que, lorsqu'elle a voté le subside ordinaire,
Obéir est sa loi, se taire son devoir;

Qu'un état libre vit d'innocent stratagème;
Que, par fois, l'ordonnance équivaut à la loi;
Que le Gouvernement n'est pas dans le Roi même;
Qu'un roi n'est pas ministre, et qu'un ministre est roi;

Qu'il faut, pour s'illustrer, dans le siècle où nous
                                    sommes,
Provoquer le combat des peuples et des rois,
Et, caressant l'orgueil de stériles exploits,
Se jouer tour-à-tour et des lois et des hommes;

Qu'un trône se prescrit par l'exil ou la mort;

Que celui qui succombe est toujours le coupable ;
Que le droit du plus fort est seul incontestable ;
Qu'un despote a raison ; que s'il tombe, il a tort ;

Qu'il faut de son terrain bien connaître la carte ,
Du monarque épier l'esprit et le penchant ;
Pour mieux flatter le père , on caresse l'enfant ;
Même en la déchirant, préconiser la Charte ;

Qu'un ministre infaillible , autant qu'inviolable,
Ne devra qu'à soi seul compte de ses projets ;
Que pour la forme on peut s'avouer responsable ,
Mais se promettre bien de ne l'être jamais ;

Que le pouvoir de fait est le seul légitime ;
Qu'un sceptre héréditaire est toujours usurpé ;
Qu'un parti libéral est encor magnanime,
Quand par son bras vengeur un Bourbon est frappé ;

Qu'il faut laisser passer l'antique monarchie ,
Sans troubler un instant son paisible convoi ;
Que, lorsqu'on est trop riche en liberté chez soi,
Il faut chez ses voisins exporter l'anarchie ;

Que parmi les Français la maxime abusive
Qu'un Roi ne meurt jamais, ne peut s'éterniser ;
Qu'assez et trop long-temps une race exclusive
Avec le trépas même a voulu pactiser ;

Que Dieu n'est qu'un vieux mot , un être de raison
Que, pour en imposer au vulgaire crédule ,
Invoque un potentat, dans un vain préambule,
Qui ne suborne plus la foi de nos Solon ;

Que l'Eternel, déchu de sa gloire passée ,
Va voir de l'âge d'or renaître le bienfait ,
Et sur-tout proclamer ce dogme si parfait :
Chez un peuple chrétien la loi doit être athée.

La Chicane , ou plutôt la Discorde barbare ,
Dit, et va s'abymer dans le sein du Ténare.
Plein de zèle et de foi, néophyte bénin,
Le clerc s'achemina vers cette capitale
Où devaient s'accomplir les arrêts du Destin ,
Et commencer pour nous sa carrière fatale.
Il devint en effet tout ce qu'avait prédit
Le monstre des enfers dont le souffle maudit
Dirigea trop long-temps sa funeste influence
Contre les gens de bien , contre la probité ,
Contre l'honneur sur-tout et la fidélité ;
Mais il fatigua tant la douloureuse France ,
Qu'un monarque éclairé prit pitié de nos pleurs,
Et mit, en l'expulsant, un terme à nos malheurs.

Dans ses ennuis cuisans on prétend qu'il s'écrie :
Tous les hommes sont faux ! ingrate est ma patrie !
La couronne ducale ombrage en vain mon front,
Peut-elle réparer le plus sanglant affront ?
De tels côtés, hélas ! que mon regard se tourne ,
Je revois trop souvent la ville de Libourne ! ! !

FIN.

www.ingramcontent.com/pod-product-compliance
Lightning Source LLC
Chambersburg PA
CBHW060857180626
46818CB00004B/1737